KB214538

저물녘

시작시인선 0525 저물녘

1판 1쇄 펴낸날 2025년 3월 17일
지은이 송만철
펴낸이 이재무
기획위원 김춘식, 유성호, 이형권, 임지연, 차성환, 홍용희
책임편집 이호석
편집디자인 김지웅 정영아
펴낸곳 (주)천년의시작
등록번호 제301-2012-033호
등록일자 2006년 1월 10일
주소 (03132) 서울시 종로구 삼일대로32길 36 운현신화타워 502호
전화 02-723-8668
팩스 02-723-8630
블로그 blog.naver.com/poemsijak
이메일 poemsijak@hanmail.net

ⓒ송만철, 2025, printed in Seoul, Korea

ISBN 978-89-6021-800-0 04810
      978-89-6021-069-1 04810(세트)

값 11,000원

저물녘

송만철

천년의시작

기후 재앙은 닥쳤다
우리에게 남은 시간은 그리 많지 않다

어떻게 살아야 하나
무엇을 해야 하나

생이든 무無생이든 무작시럽게 사라지는 세상에
풀잎 한 줄기, 물 한 방울 살려 내지 못한

내 삶아 시여, 잘 가라

이 時詩결렁한 時여, 나여

차 례

시인의 말

제1부 봄

제2부 여름

제3부 가을

제4부 겨울

제1부 봄

바람

봄바람이 까치집 찌웃대다 들어앉아 도리방석 깔았나
다섯 마리 까치 새끼들 등쌀에 깃 쳐 댄 바람 떼

좋아라 날뛰는 은행나무 가지가지 까무러치네

할멈!

밭가에서 뭐 하시는가
저세상 문 굳게 닫아걸고

여그 마늘밭 지심 매다 새참 묵던 밭둑에 산벚꽃 피었네
쩌그 절골 버드나무도 낭창낭창 푸르러지네그려

벌떡 인나서 술 한잔 받소외

산벚꽃 금세 펄펄 지것지 뭐
버드나문들 푸르러만 있것는가

이녁 가 버링께 산 것 같지 않어
나도 금방 가려네그려

홍매紅梅

작은 마을 홀엄씨 폐가 뒤 묵힌 밭에 홍매화여
대밭에 느렁청한 버들 바람 떼거리로 꿰어찼구나

더 세차게 날아올라라

오가는 길 끊긴 마을에 불뚝거린 피야 돌고 돌아라

누구인가

봄똥꽃에 햇살은 솔바람을 불러들이고
저 연녹색 산등성이 부려 놓고 치달아 간 누구인가

멀어졌구나
음력 나흘 달이 붉았구나

자운영 쏙새 깔린 논으로 백로야 왜가리야 날아들어라

동쪽 샘

마을 여섯 집 살림에도 마르지 않았던 샘
두레박 내렸다 올리면 하늘이 솟구쳐 올랐던 동쪽 샘

대밭 길을 지나 삐딱진 골목 끝에 우리 집
맨몸으로 올라가도 숨이 턱턱거린 몰랑집

샘물 가득 채운 물통은 짜박짜박 쪼그라든 샘물
쩍 벌린 정제 물 항아리는 한없이 꿀떡거렸으나

맥 풀린 두레박에 묶인 채 샘으로 줄행랑쳐 버리고
해름 참이 되었던가, 현오네 대밭으로 삐둘구 날아들고

처마에 걸린 남폿불 심지는 성이 갈아 두었나!

울먹

할매의 구시렁거린 소리가 뒤울 대바람에 쓸려 가고
지땅밭에서 거둬 들인 고구마를 쥐들이 갉작대는 밤

안 오시네, 먼 섬으로 장시 떠난 엄니는

서리 깔린 평애들로 초아흐레 달은 치달아 가는디
덕지덕지 캄캄 베름빡에 부엉이 울음 깊어 가는디

닷새 장

보성 닷새 장 생선 가게에 회령 양반

이른 참에 펄떡거린 바다를 몇 번 토막쳐 댔으나
해는 중천이고 내다 말린 생선에 파리들 쫓다 쫓기다
불꽃 튀게 졸다가 더 졸다

꿈이냐 생시냐
장바닥에 뻘뻘 기어 나온 고무 함지에 낙지들

가든지 말든지

술이 몇 잔째더냐
젠장 배 띄워라, 이 땅에

팥죽집 앞 노상에 미력 할매
봄동 시금치 냉이는 자울 자울 칭얼대고

모욕

설날이 뽀짝한 섣달 그믐께 정제간에서 모욕이여

동쪽 샘에서 숨 가삐 길어 온 샘물은 정제 큰 물항아리
에 헐떡대고 부삭 솥단지에 끓어오른 물이 난리 판굿일 때
쯤 부엉이 울음 섞인 대바람 들락거린 뒷문을 닫고 별 숭어
리들 산길 들길로 단숨에 치달려 온 앞문도 닫아걸면 찬장
밑에 걸어 둔 남폿불에 홀라당한 몸땡이여, 큰 고무 함지
에 풍덩 할랑거리면 탱탱 불어 터진 때꼬자구는 지가 알아
서 떨려 나가 모욕물에 둥둥 날춤 춰 대고 김 서린 남포등이
말라 가며 더 환해질 때쯤 몇 바가지 온몸에 퍼 찌끌면 물
짠 쌈박질하다 얼어터진 부글거린 울분도 씻겨지고 내일은
꼬불쳐 둔 돈으로 너덜거린 국어 장맨도 사리라, 하면서 문
들 열어젖히면 부엉이 울음이며 별들이 와락 안겨 들었던가

그대로 곯아떨어졌던 꿈이 훨훨 날개를 달았던 모욕이여

청정 지역

몇 가지 나무 심는다고 오랜 숲이 사라져
쏟아진 폭우로 산 내리내리 아랫마을 덮쳤다

멀쩡한 밭과 야산 깔아뭉게 태양광발전소가 들어서더니
드넓은 들과 바다가 펼쳐진 산 중턱에 골프장이 생겼다

잡아먹을 것인가, 잡아먹힐 것인가[*]

[*] 송진주, 『GPT 세대가 온다』.

살청殺靑

차茶 덖는 솥이 달궈지고 있다
어린 목숨을 살청殺靑해서 비벼 대야 녹차 향이 살아난다

그 향香으로 다선茶禪 삼매경三昧境에 든다나!

인자 세상 목숨들 살려 왔던 땅이 달궈지고 있다
인자 세상 생명들 살려 왔던 산이 불타오르고 있다

고흥

발사 직전의 핵폭탄처럼 땅에서
솟구친 우주선이 맞이하는 고흥

땅아 꺼져라
우주로 가려나 고흥

샘물아 냇가야 산아 논밭들아 개들아 재화야

'대한민국 최고 우주 허브 도시로 만들겠다'*고
하늘이 내린 땅 고흥, 하늘을 열어 가는 고흥**이라고

고흥 땅을 짊어진 우주항공기가
드높이 하늘 멀리 멀리 날아올라

어느 별에 고흥 땅을 떨궈 주려나!

* 고흥 군수가 남긴 말.
** 고흥읍 하수종말처리장에 쓰여 있는 글.

나무

먼 선조가 공룡기 때도 살았다는 나무
천구백사십육 년 이 학교 개교 무렵 심었다는 나무

도로를 넓히며 담장이 쓸리고 몇 가닥 잘려 나간 뿌리
도로 밑으로 뻗어 나간 뿌리는 더 다져지고 굳어지리라
이 오랜 푸른 생들은 점점 물길 끊겨 가리라

봄날 가지가지 피어난 떡잎으로 배움이 설레다가
여름날 잎잎이 짙푸르게 출렁거려 날뛰다가
가을날 날리던 낙엽을 따라 운동장 온 바람에 실려 보다
겨울날 가지가지 눈발 날아들어 하늘을 손에 펼쳐 보이던

나무, 메타세쿼이아

물줄기 숨구멍 막혀 가는 배움터에 무엇이 남으랴
이 꼴까닥거린 세상에 푸른 생이 어디 남아 있으랴

생태 하천

수십 년 일궈 온 논들이 파헤쳐지고
수억 년 뿌리내린 바구댕이 작살내서 실려 갔다

봉화산 남서쪽 아래 마을 골 골 생긴대로 흘렀던 물길
인자 생태 하천 복원 공사로 고속화된 하천이 되었다

구불구불 물소리 사라지고 새들도 발길 끊었다
탄탄 시멘트 블록에 피래미 한 마리 들어설 틈이 없다

틈이 틈만 나면 사라졌다, 생들의 터전이

살판

깔끔 떠는 할매 없어서 마을 개들 제집 드나들듯
마당이고 토방이고 똥오줌 퍼 싸대는구나

풀 덮인 논시밭에 깨구락지 뛰고 뱀이 기어다니고
쓰레기 태우다 옮겨 붙은 담장넝쿨에 새순 돋았구나

한 사람 없어서

아래채 땔감으로 쌓아 둔 나무들에 벌레들 우글거리고
사람 발길 끊긴 샛길도 온갖 생들 살판이구나

찻잎에

빈집 마당가에서 따 모은 찻잎에

햇살 나눠 주던 앵두나무에 젖먹이 앵두알들이 쫑긋대는 귀
차나무 가지에서 뛰쳐나온 청개구리 한 마리 쏘아보는 눈빛

대밭에 솟구친 상수리나무가 불러들인 바람의 조문 행렬이

평장平葬

다가올 미래가 두렵다고

비석에 나열된 가족력인들 차별 없는 세상으로
윗대 윗대까지 모신 뫼뚱들 평평등한 세상으로

"생들이여, 무엇이든 뻗혀 가거라"*
뒷산 선영의 묘들 평장으로 돌려주면서

* 재벌 회사 비정규직 노동자였다 귀촌한 박양주(45)

뜸북새야

왜 산에서 우느냐 뜸북새야

소를 몰아 쟁기로 첨벙대던 논배미들 사라진 지 오래
품앗이로 시끌벅적했던 땀의 웃음들 사라진 지 오래

트랙터로 갈아엎고 이양기 설쳐 댄 들판
농약으로 죽은 들판 떠나 먹을거리 찾아 갔느냐

이 산 저 산 산림 사업으로 헐벗겨져 가는디
이 땅 저 땅 생명들 죽어 가는 재앙인디

뜸북새야. 산에서 살길 찾아 헤매느냐

풍경

똥오줌 퍼 싸대던 자리 퍼질러 앉은 매인 소들
사장에 자울자울 되새김질하던 묵언수행의 소들

아이들아, 민둑골 소 뜯기고 풀 베러 가자

목백일홍 붉어진 밭뚝길 치달아 가네, 소새끼들

비닐들

일림산이 감싼 회령 온 들판 감자 양파 쪽파 생산 단지
산 아래 마을들 아지랭이 너울너울 봄싹들 피어나는디

곳곳 나무마다 시커멓게 달라붙은 겨울 철새 떼까마구들!

무엇이냐

날지 못하고 나무 가지가지에 매달려 펄럭거리는 것은

제2부 여름

일하다

묵힌 닭똥과 삭힌 똥오줌 거름을 뿌리고
고구마 순을 심으려고 몇 둔덕 삽으로 일궈 놓은 밭

뒷산에서 날아든 삐둘구들 벌레 물고 떠나가고
먹이 찾아 떠도는 고양이 꿈틀대는 두덕을 노려보고

어치가 집 마당 쪽 감나무로 날아들어 한 두덕 심고
송전탑 우뚝한 산자락에 꿩꿩 울어 대 한 두덕 심고

떨어져 버려라, 저 염병할 비행기야
끝이 없는 매연에 소음에 솟구친 울화통을 심다가

비가 오려나, 찔레꽃 밭언덕 가차운 산녘
미세먼지 꿰어찬 산성비 뿌려 댈 비구름 몰려오는구나

살림

각시야, 배대리 묵힌 밭 일구러 가세

지구 한쪽은 폭염으로 논밭이 타들어 간다네
지구 한쪽은 폭우로 살아갈 땅이 잠겨 간다네

씨앗 챙겨 호미 낫 괭이 들고 들판으로 가세, 각시야

모종

냉갈 내치는 정제 무쇠솥에 들깨 볶았던 엄니야
사무친 흙 따독여 웃밭에 들깨 모종母種 심네요

뿌리발이하면 벌나비 날아들것지요
천둥 번개 비바람 치는 때도 오것지요

온 밭에 내리내리 햇살들이 꼬소하네요 엄니

잔칫날

여름 햇살 내리쬐는 산간 마을에 난데없는 장대비
여우가 시집가고 호랭이 장개가는 날일까

나주 아짐 빈집 울타리에 밤꽃 향기는 사푼 깔리고
원산 아짐 빈집 마당에 개망초꽃은 흩뿌려지고

우리 집 텃밭에 좋아라 날뛰는 옥수수 꽃대들

금세 끝나 버렸나, 혼례식은
푸르른 햇살들이 샘가 잔칫상에 왁자지껄이구나

비어 가는 마을에 먼먼 새각시야 새신랑아

애석哀惜

앞산 비 묻어오더니 양철 지붕을 밤새 내리치네요
한 식구 칼잠으로 뒤척였던 그 집 진작 사라졌지요

엄니

동쪽 샘에 철퍼덕한 두레박 같은 슬픔이 밀려오네요
엄니 잠시 떠나면 한 살림 꿰어찼던 외갓집 사촌 이모

지땅밭에 헐은 몸뻬 바지 같은 생을 두고 먼 길 떠났네요

몰라라

마당에 꽃이 피나 새가 찾아드나
방에서 공부만 헌다는 공유석(15세, 중2)

도시 사는 아들 내외가 헤어지고 맡겨 놓은 손지
하도 들볶아 콩 참깨 몇 됫박 더 팔아 컴퓨터 사 주었더니

방에서 혼자 고함도 치고 썽질 부려 쌓다 금방 웃어 싸면서
어쩔 때는 그라고 날밤 새워 공부만 해 쌓는디

짠해서 딜다보믄 나가 뭘 알 것도 젠장
하여간 요새는 벨스런 공부도 다 있습디다요!

갈등

시퍼렇게 선 낫날 사챙기 둘둘 말아 할매 뫼똥 갈거나
섬뜩한 도끼 후끈 내리쳐 장작을 한나절 팰거나

개밥까지만 퍼주고 읍내 대폿집서 흥타령으로 저물거나

에헤라, 싹다 작파하고 빈 들판 무작정 헤맬거나

비

뒤안에서 쏠린 황토 물이 마당으로 줄행랑쳐 간다

엄니는 구뽀똥 논배미 방천난다며 물꼬 트러 가고
할매는 빗줄기 들이친 토방에서 모싯대 꺼때고

학교 파한 길 비바람에 패딱 까진 우산 패대기친 작은성
책보자기 내던지고 골아떨어진 동상

부삭 내친 냉갈에 콜록거린 몰랑집 하염없는 비 비

돈

인원 점검이 끝나고 오늘 도보 관광 길 쓰레기 투쟁 사업
마을 할매 다섯 각자 유모차를 앞세우고 전선에 앉았다

산밭에는 손길 묵힌 지 오래
기계들이 점령한 들판에 발길 끊긴 지 오래

매복된 쓰레기 찾아 한나절 주저앉아 기어다닌 전사들

"손지들 오믄 돈이라도 집어 줘야 할매 대접받제라"*

* 기산마을 정동순(82세).

핏발

서울역 광장에서 쌀값 폭락 전국농민대회
서울역 노숙자들 서너 명 시위 대열에 섰다

'우리는 살고 싶다'고
'우리도 고향 가고 싶다'고

깔고 덮는 박스 북 찢어 갈겨 댄 핏발들 세워서

상생相生

'쌀 한 공기 300원 올려 달라'고
보성농민회에서 내건 현수막이 처절하게 떨고 있다

하늘의 비바람이
땅의 논밭이
농민들 생존의 벼랑길이

'나락 한 알 속에 우주*가 들어 있다고

* 장일순, 『나락 한 알 속의 우주』.

보곡하네

잘 있었는감

이녁 가 버리고 혼자 이럭저럭 살아 있네그랴
부산 딸이 보낸 창란젓 무시짠지 떨어진 지 오래여

쩌그 밭가에 감똥들 무자게 핐드랑께
가실에 참깨 털다 둘이 마주앉아 홍시감 뽈아 대던 일

엊그저께 같네그랴
둘이서 퍽지건한 밭자락에서 웃어 쌓던 때가

성가야

널따란 사장 물감나무에 전등이 내걸리고
백 마력짜리 발동기에 보리 탈곡기 돌고 돌아

뒤집어쓴 먼지로 땀범벅 적삼에 백혀 든 보리 까시락들
타작한 보릿대 쌓다 갈퀴 작대기 내쳐 버리고 줄행랑친

성가야 어디에 있는가 성가야

마을 들어서면 첫 집 순이네 방애깐도 사라진 지 오래네
물감나무도 별도 눈물도 꿈도 꺼져 버린 지 오래네

어디로

고흥읍 종합 버스터미널
사람들이 흘린 과자 뿌시레기 찾아다닌 제비들

시골에 살림 차릴 흙집이 없더냐
농약 살포된 들에 먹을 것이 없더냐

오가는 차량들 내뿜는 매연 속을 끼어 다닌다
터미널 1층 베란다 집에 새끼들 쩍쩍거린다

사람들은 티브이에 눈이 박혀 기다리고
모닥거린 이주 여성들은 떠들썩 기다리며

어디로 가려는 것일까, 우리는

줄초상

　리모컨으로 조정된 드론이 항공 살포한 농약 들판으로 날
아든 검은꼬리박각시나방이 벼 포기 꽃들 빨아 대며 허기
를 달랜 한밤중 봉화산 서남쪽 하늘 아래 마을에 웬 보름달
일까! 캄캄 세상천지에 구원의 빛이여, 마을 길 환한 가로
등 불빛 찾아들었던 나방은 독약 퍼진 몸을 퍼덕대다 그대
로 목숨 끊어지자 어둑한 사장나무에서 지켜보던 올빼미 한
마리가 잽싸게 낚아채 씹어 삼키다 여지없이 생을 마감했다

　한 집 건너 서너 집이 폐가인 마을에
　어서 오라 생들이여 밤새 꺼질 줄 모르는 가로등

　날이 밝은 마을 길에 줄초상 난 날생들이여

죽창가竹槍歌

농민들 들판으로 모여들어
쌀 수입으로 쌀이 남아돈다고 논에 심은 콩을 갈아엎는다

전략 작물 직불제*라고
정부에서 장려獎勵한 모든 농업 정책을 갈아엎는다

이 땅에 어찌 살란 말이냐
들판 치달아 온 바람이 꽂힌 시위 대깃대들 낚아챘다

나를 갈아엎자
국가와 자본을 갈아엎자

* 논에 벼 대신 콩, 깨, 소 사료를 심을 것을 권장.

향수鄕愁

보성 장날 웅치닭집 슈렌(52) 씨

네팔 히말리야산맥 만년설 덮인 빙하가 녹아내려
이 땅 저 땅 떠돌다 몇 해 전 찾아든 이 집

　공장식 사육장에서 잡혀와 꼼짝딸싹할 수 없는 닭장에서
꺼내 온 닭 한 마리 전기침을 대자 단번에 뻗어 버린 그대로
탈수기에 넣고 돌려 버리자 터럭 하나 없는 생고기 덩어리
큰 도마로 던저져 다듬고 씻고 씀벅한 칼날에 머리와 다리
가 뎅강뎅강 잘리고 오장육부가 까발려지는 피 튀기는 순간
들을 큰 쓰레기통에 처넣어 버리고 비닐봉지에 고단위 영양
식이라며 싸 주던 슈렌 씨

　장 손님 발길 뜸한 틈에
닭 가게 뒤안에서 담배 한 대 꼬나물며

　"고향 히말라야 만년설은 한없이 녹아내린다는데……"

일촉즉발一觸卽發

고흥 남양면 망주리 여자만 바닷가 드넓은 뻘밭

오래고 오랜 갯벌에서 헐떡대는 숨의 농게들 눈빛
뎁혀져 가는 바다에 핵 오염수까지 덮친 바다의 눈빛들

파농破農

우리나라 식량자급률은 20%대

주암댐 상수원 논밭은 수자원공사 먹잇감
사들인 논과 밭마다 나무를 심고 봄가을 제초작업

농사철에 일당 예초기질로 해가 저문 농민들이여

육갑

한밤중에 깨어 서성거리는디 빛이 왔구나
열엿새 달을 보고 어쩌고저쩌고 끄적거리며

돌아보면 생들의 들판에서 육갑 떨며 살아왔구나

제3부 가을

뫼뚱에서

옛 당골네 청수집 대밭에서 날아오른 삐둘구들아

방울 소리로 왔더냐 징 소리로 왔더냐
심지 돋군 등불로 단숨에 접신接神이더냐

외갓집 할매 하내 뫼뚱에
새의 깃털 하나 날아들자

민들레 꽃대궁에 몇 개 남은 꽃씨들
펄펄 날아올라 어디로 가십니까

헛간채 방에서 사챙기 꼬아 대던 외하네여
두레박 떨군 샘에 무어라고 구시렁거린 외할매여

백월마을*

사장나무 옆 주막집 건너 공터로
군경에 불려 나온 마을 사람들

몇 명은 그 자리에서 총살당하고
몇십 명은 트럭에 실려가
이 마을 저 마을에서 잡혀 온 사람들에 섞여
앞산 참새미골에서 총살당해

그때 같은 날 제사가 서른 집이 되었다는 마을

* 백월마을: 보성군 율어면에 있는 마을로 여순항쟁 때 피해를 본 마을.

늦가을

밭 언덕 옻나무 잎잎은 그렁그렁 눈시울 붉었다
절터 쓰러진 불탑에 잠자리 한 마리 앉았다 떠났다

껍정한 쑥대 매어달린 사마귀 한 마리 어디로 가려나
들판 새순 돋아난 벼 포기에 차디찬 서리는 내렸다

억새꽃 마구 날뛰는 밭 언덕 고랑물에 얼쩡거린 노을 속
으로 들어가신 강진 하내가 새끼 딸린 염소 몰고 나온 하산
길은 저물고

이 가을에

햇빛 한 줄기 스며들지 않는
나뭇잎 한 장 날아들지 않는

이 가을에

지하 세계
지하철

서서 앉아서 누구나 묵언수행 삼매경에 빠지게 한 것
도대체 저것은 무엇이란 말인가 무엇?

꿈에

마을 앞 또랑에 맨발로 밟아 잡은 미꾸라지들 튀고
민둑골 둠벙에서 잡은 한 바가지 붕어들 튀어 올라

할매가 피워 올린 무쇠솥 끓어오른 냄새가 날벼락 치는

꿈이로다 꿈이로다, 깨인 꿈도 꿈이로다*

* 오상순 시인의 「꿈」에서. 우리 노래 흥타령으로 불려짐.

생경生景

눈발 들이치는 논시밭에 봄똥 양파 마늘을 보니
눈 얹힌 나무에 새가 날자 튕겨 오른 생이 굽이쳤다

아무래도 두고 온 것이 있는 것 같다
아무래도 가야 할 곳이 있을 것 같다

먼

눈 내린 산언덕 솟았던 노을은 가고
부삽 내친 냉갈에 콜록거린 삶아

엄니는 어디 갔나

껌벅대는 남포등은 뒤울 대바람이 삼켜 버리고
밤새 내린 눈으로 치달아 간 잠은 돌아오지 않고

찰나刹那

탱자나무 울타리 지나 외갓집 샘가 길에 초향이 그렁한
눈빛도
점숙 아부지 시랑고랑 귀신들 밤새 달래던 무당들 푸닥
거리도

갔네 가네

지금 콩이야 팥이야 호미 들고 농農이다 설쳐 쌓는 이 순
간도
이따가 지게 멜빵 고쳐 땔감 해야 하는 오늘도

그 밤

시퍼런 밀 보리밭 들판 날아오른 까마구 떼 뒷산으로 넘어가고
대바람 치는 몰랑집 뒤안으로 별의 살점들 삭삭 저미는 소리

도란도란 화롯불도 처마에 속닥대던 굴뚝새도 자울거린 그 밤

시래기

처마에 갈팡질팡 동안거에 해탈인가 했더니
한숨 깨이니 들리는구나, 눈발 들이치는 저 고행의 법문

한 끼 밥상에 오르실 이 분, 보리살타菩提薩埵여*

* 보리살타: 부처 다음가는 성인. 여자 신도를 대접해 부르는 말이기
도 함.

설렘

처마 깊숙이 매서운 눈빨 들이치는 어스름녘

추운 들길 쏘댕긴 고양이 네 마리 찾아들어
온기 남은 아궁이 가에 붙어서 울음 깊은 겨울 밤

몰랑집

깊었었나 꿈길이, 학교 종이 땡땡땡 언능 가자 언능 호두
나무 길을 돌아 덕산 구부탱이까지 냅다 달배서 삐딱진 마
을 골목 끝에 몰랑집

소마구 구시에 쇠죽 퍼 주고 부삭 깅물 통까지 부어 주
면 뒤울 도토리나무에 올빼미 부엉이 울음으로 저물어 간
몰랑집

밤이면 건넛마을로 굴러떨어진 별들이 탱글탱글 들판길
날래게나 왔다 뜰방에서 쑥떡 쑥떡 날밤을 세운 누굴까 동
쪽 샘물에 두레박 떨어진 소리 풍덩거린 몰랑집

절박切迫

지땅밭 언덕에 매실나무 겨울눈 터져 불것다

바람아 현오야 엄니야 물팽나무야

이 겨울에 빗발친 하늘 구뿌뚱에 홀라당 물장구치것다

봄꽃 아무 때나 터져 불것다

눈발이여, 그대로 사납게 내리쳐 다오

할매

해 떨어진다 해, 손지들아

고래 구녁 뚫린 부삭 아궁이
모퉁밭 긁어모은 검부적 다 떼고
꺼때 말린 모싯대도 바닥나고

멀쩡한 대울타리 솎아 내 불 싸질러서야

해 뽈딱한 집, 어둑어둑 밥솥이 잠잠했던 할매야!

섬뜩한

물 폭탄으로 잎 도열병 도진 벼들 시름시름 살더니
메로 떼들 날아들어 이 가을 온 들판 폭삭했구나

농업 농촌 농민 살농책殺農策으로만 치닫는 국가여
보아라, 자폭했구나

쌀값은 곤두박질이고 가을 폭염은 그칠 줄 모르고
더 무서운 병해충은 시도 때도 없이 날뛸 것이다고

이 땅 온 들판 널브러진 목숨들 섬뜩한 경고구나

철새들

매화꽃 터져 밭에 거름을 뿌리고 감자 두덕을 치는디

살길 찾아 떠나가는 기러기 떼들아
미세먼지 깃쳐댄 하늘이 까마득하구나

찾아가는 북녘인들 동토가 녹아내리고 폭염은 날뛴다는디

제4부 겨울

언뜻

하늘 구불구불 산 넘어 치달아 온 스무사흘 달

엄니여

앞산 상수리나무로 찾아든 지빠귀 새 울음 듣습니까
집구석에 나뒹구는 농구農具들을 보고 계십니까

아니면, 콩 팥 거둬들인 모퉁밭에 찔레 움들 만집니까
외갓집 마당가 돌담에 무화과 눈망울같이 젖어서

노깡 샘가 감나무 응강에 이끼들 딸싹거리것다
그 속 첨벙 하늘에 냅다 질러 댄 소리들 싸돌것다

복지관 나다니며 배웠던 ㄱㄴ가나다라 쓰기 노트
뚫어져라 저려 오는 눈 감아 봅니다, 엄니여

한 명

회천서초등학교 입학생 딱 한 명 김지현(8)

엄마는 필리핀에서 온 낭마에(29)
아빠는 회령 들판 일당 노동자 김창수(48)

세종대왕 동상 앞에 광대나물꽃
유관순 동상 앞에 봄까치꽃

혼자 혼자 저물어 갑니다

몰살沒殺

장흥 천관산 서남쪽 산자락 굽이굽이 물이 저수지로 모여
들어 대덕 사람들 먹여 살리는 대덕 들판

벼 밭작물 거둬들이고 양파를 심기 위한 비닐 피복 작업

수만 평 몇 날 며칠 삽질에 단 한 마리도 못 봤어라
살아 있는 땅이면 어디든 꿈틀거릴 지렁이들을

항쟁抗爭

비 그친 꼭두새벽 물팽나무에 걸린 달, 눈빛 붉었네
집이 위험하다고 잘린 나무에서 떠날 줄 모르네

이 세상 큰 상처들이 어디 여기뿐이랴!

잘려 나간 대밭에 다시 솟구쳐 오른 저 죽순 눈빛들이

살아라

입하 지난 논시밭에 너를 묻는다
호랑이넝쿨콩아 여지없이 땅심으로 솟구쳐라

거친 바다 물결치던 먹구름 떼 오면 오는 대로
골 골 천둥 번개 내리치면 치는 대로

살아 살아 때가 되어

꾀꼬리가 찾아들지 않겠느냐
찔레꽃 때죽나무꽃 피지 않겠느냐

생아 울부짖어라, 땅심 후끈 받아서

닥쳤다

싸목싸목 햇살 들판 냇가에 아카시아꽃 피었다
골목 지난 길가 집 갑종네 돌담장에 고롱개꽃 피었다

헛간에 걸린 호미 낫 괭이 씀벅씀벅 들판으로 가자

먹을 것들

땅에서 불뚝 솟구치것냐
하늘에서 툭 떨어지것냐

앞뜰 뒤뜰 묵혀 버린 배대리밭 초분골밭 일구러 가자
누렇게 출렁거릴 보리밭 밀밭 베러 가자, 아이들아

닭아

닭장을 뛰쳐나간 장닭아 잘 가라

두견새 울고 죽순 솟구쳤다
감자꽃 지고 찔레꽃 피었다

드넓은 땅심 듬뿍 받아 훨훨 날아가거라
드높은 하늘 횃대 질끈 밟고 울부짖어라

금방 목숨 낚아채이는구나
이 들판 날뛰는 들개들에게

잘 가라, 한 생이여

자연 학습

고흥군 포두면 차동리 신촌마을 지나 외산마을

마복산 아래 앵무새 체험장에 읍내 새싹어린이집 아이들
핫 둘 핫 둘 선생이 말한 대로 따라서 새와 말을 주고받다

체험이 끝난 아이들이 줄지어 차에 오릅니다
마을회관에서 짜박짜박 나온 할매 둘 손을 흔듭니다

쥐바굿등 묵정밭 언덕에 출렁 출렁 개망초꽃들아
마복산 뻐꾸기들 골 골 마을 굽이치는 울음들아

시방

굽이쳐 흘러라 물결들아
물꼬 튼 구뽀뚱 논에 밤새 울어라 뜸북새야

막힌 고래 구녕 뚫려서 들판 멀리 사라지는 냉갈처럼
고등어자반에 몇 숟갈 놀짱거린 할매 눈망울처럼

까불린 챙이에 훨훨한 쭉정이들같이 날자 날아 보자

뒤안

정제 뒷문 턱 뽈딱 넘으면 뒤안
깨구락지 튀고 뱀이 잽싸게 내빼던 뒤안

연산에 불뚝했던 아침 햇살 비켜 가면 집이 내리친 응강
이 대바람까지 불러들여 하루내 뙤약볕이 얼씬도 못 해 여
름날 무쇠솥이 걸리고 유두 백중이 지나 웃대 하내 젯날 넘
어까지 바람 새 참나무 쥐 꿀떡거렸을 뒤안, 팥죽 끓던 해
거름 녘 내친 냉갈은 할매의 눈물까지 쏙 빼 놓고 어둑어둑
치달아 온 별들까지 식구들에 끼어서 팥죽 숟갈 떨걱대던
밤은 깊고 뒤안으로 대바람 섞인 올빼미 부엉이 울음에 먼
산도깨비까지 달려들었나 구시렁구시렁 밤새 할매 품속으
로 파고들게 했던 뒤안

그 겨울 때꼽 찌든 울음도 덥석 안아 주었던 뒤안

한때

고추밭은 꼬랑 물소리에 젖어 햇살이 달짝지근했어라
멀어진 밤새 울음소리로 깻대밭은 더더욱 샛노래졌어라

싸목싸목 흐르던 별들이 온 밭에 떼떼굴 날아올랐어라

둠벙

　외갓집 가다 보면 민둑골 공동묘지 쪽 논으로 달음박질
하다 둠벙에 철퍼덕대던 해가 놀다 가고 혹 끼쳐든 냇가 평
애들 바람에 떨어진 고마리 풀꽃 물이랑을 헤쳐 가던 물뱀
이 부들 숲으로 기어들자 해 질 녘 땅강아지 물방개 송사리
떼가 풀숲으로 들어 공동묘지로 가는 상엿소리처럼 맹꽁이
청개구리들 울부짖던 소리가 들녘을 일깨워 가던 둠벙, 어
디나 있었던 그 둠벙

　어디였더라
　언제였더라 그 둠벙들

　달팽이야 우렁아 새우야 미꾸락지들아 별들아

겨울아

차디찬 들판길에 눈발은 닥쳐 곤대고 달음박질쳐야 하는디
나무들이 어깻죽지 털어 댄 눈발들 하늘하늘 솟구쳐야 하
는디

비는 내리고

마당 매화나무 가지가지 불러내 꽃을 터뜨리게 하려나
된서리에 동동거리다 골방에 들어간 풀들 불러내려나

미세먼지 꿰어찬 산성비 온종일 내리고

토방에 겨울잠 든 뱀들 불러내 허물을 벗기려나
봄여름가을겨울 뒤죽박죽 철이 철을 모르고 날뛰려나

소한 무렵

오래전 폐교된 초등학교 울타리
멋대로 뻗힌 측백 사철나무로 모여든 참새 떼

인기척에 팽팽 사라졌습니다

웃옷 벗어젖힌 따스한 북풍 햇살 속으로
추워져야 더 시퍼럴 밀보리 시들거린 들판으로

가고야 말았는가
들판 생들이 더 영글어질 북풍한설은

잘 가라

해거름판 구름이 서녘 햇살을 툭툭 건드리자
하천 공사장 옆 은행나무로 들판 까치 떼가 몰려든다

뿌리까지 사라질 세계여 잘 가라, 애타게 울부짖는다

이 밤에

먼 데 그 먼 데 어떻게 오시려나
그대 없는 날들이 죽창같이 꽂혀서

알은체하는 별들이여, 가거라
농農으로 서릿발 선 가슴이면 뭣이냐

살얼음판 세상 헛발질로만 살아 헤맬 뿐이구나

간절함

저 산 대밭 댓잎들 뒤흔드는 바람 바람들
이 외딴 아궁이에 솟구치는 불길 불길들

새파란 보리밭 출렁거린 들판으로 가자
해거름판 대밭 찾아든 삐둘구들로 오자

촛불마저 꺼라

흙에서 나뒹구는 흔적이고 싶다
흔적마저 싹 다 지워 버린 잿더미고 싶다

염병할喝[*]
—문 형^{**}에게

책 보따리 싸매고 죽어라 나다닌 학교에서 맞아 가며
배운대로 어머니 어머니 우리 어머니 달달 외어 대

국어 백 점 맞고 집에서 엄니를 어머니라 불렀더니

엄니가 했다는 말

빙하고 자빠졌네
염병하든갑다

* 할喝(꾸짖을 갈): 불교 선가에서 깨우침을 일깨울 때 몇 마디로 곧
  바로 내리치는 말로 할이라고 함.
** 이 시는 다섯 번째 시집 『물결』에 실렸는데 최근 문 형(문홍천)이 저
  세상 먼 길 떠나서서 애도의 마음으로 다시 싣습니다.